Le chien des Baskerville

FichesdeLecture.com

Le chien des Baskerville (Fiche de lecture)

I. INTRODUCTION

Le chien des Baskerville est un roman policier écrit par Arthur Conan Doyle, le créateur du célèbre détective Sherlock Holmes. Ce dernier cherche ici à résoudre une nouvelle enquête, aidé de son fidèle Dr Watson.

Le roman a été publié pour la première fois en 1901 et en 1902, dans le *Strand Magazine*.

II. RÉSUMÉ DE L'ŒUVRE

Le roman s'ouvre sur un mystère de peu d'importance : Sherlock Holmes et le Dr Watson cherchent l'identité du propriétaire d'une canne posée dans leur bureau... Holmes en déduit que James Mortimer va probablement arriver.

En effet, Mortimer les rejoint et leur raconte, avec l'aide d'un manuscrit du XVIIIe siècle, l'histoire presque mythique du lubrique Sir Hugo Baskerville. On raconte qu'il a capturé et retenu prisonnière une jeune paysanne dans sa propriété du Devonshire. Mais en la poursuivant durant la nuit au milieu de la lande, il aurait été la victime d'un chien de infernal, crachant du feu depuis sa gueule...

Mortimer rapporte alors que depuis, les héritiers de la famille Baskerville sont comme maudits, poursuivis par un mystérieux chien noir aux pouvoirs surnaturels. Justement, Sir Charles Baskerville vient de mourir, et son décès reste entouré de mystère et de doutes... le parent le plus proche de ce dernier vient d'arriver à Londres pour rejoindre la demeure familiale. Il a déjà reçu un message d'avertissement dont l'expéditeur est anonyme, et, détail surprenant, une chaussure a été volée...

Holmes et Watson acceptent alors de s'occuper de cette affaire. Très vite, tous deux découvrent que Sir Henry Baskerville, le descendant de la famille arrivé du Canada, est suivi par un barbu inconnu à travers les rues de Londres. Ils se demandent s'il s'agit d'un ami ou d'un ennemi de l'héritier.

Ensuite, Holmes annonce qu'il ne pourra pas se joindre à Sir Henry et Mortimer lors de leur voyage dans le Devonshire, où ils espèrent bien dénouer le fond de l'affaire. Il envoie donc le Docteur Watson à sa place, en lui demandant de le tenir au courant régulièrement de ses avancées.

Dans le Devonshire, des gardes armés patrouillent partout, à l'affût d'un condamné évadé dans la lande. Puis il rencontre le couple de m et Mme Barrymore, les domestiques, qu'il estime être des suspects à surveiller, ainsi que Jack Stapleton et sa sœur Beryl, des voisins des Baskerville.

C'est alors que les évènements se précipitent : Barrymore est surpris à rôder autour de la demeure en pleine nuit ; Watson découvre une silhouette solitaire dans le paysage de la lande, et il entend des sons qui s'apparentent à un hurlement de chien (plus qu'à un aboiement...). De plus, il découvre que le défunt Charles a rencontré une certaine Laura Lyons la nuit de sa mort.

Tout cela occupe fort le Docteur Watson, qui découvre par exemple que Barrymore ne cherche en fait qu'à aider le forçat évadé, qui est le frère de Mme Barrymore. Puis il discute avec Laura Lyons pour essayer de comprendre ce qu'il s'est passé, avant de découvrir que la silhouette solitaire qui patrouillait n'était autre que Sherlock Holmes !

Ce dernier estime, après enquête, que M. Stapleton est le suspect principal, dans la mesure où il est l'héritier prévu de la fortune de la famille Baskerville. Il a utilisé Laura Lyons afin d'organiser un rendez-vous nocturne avec Sir Charles, sans qu'elle s'y rende. Là, il a provoqué une crise cardiaque du noble en l'effrayant avec son chien féroce et menaçant.

Pour coincer Stapleton en flagrant délit, Sherlock Holmes et le Docteur utilisent Sir Henry comme appât. Ce dernier rentre chez lui à travers la lande, après avoir dîné chez les Stapleton. Il est attaqué par l'énorme chien de ces derniers. Les deux enquêteurs arrivent à dompter l'animal, tandis que son maître se noie en tentant de s'échapper, paniqué. Quant à Beryl, qui est en fait la femme maltraitée de Jack, et non sa sœur, elle est découverte ligotée dans sa maison, pour avoir refusé de participer au plan machiavélique de son mari.

Une fois de retour à Londres, Sherlock Holmes comprend pourquoi une chaussure a été volée ; elle servait à fournir au chien l'odeur de son propriétaire. De même, la note d'avertissement était en fait l'œuvre de Beryl, qui essayait de mettre Henry en garde contre son mari.

III. PRÉSENTATION DES PERSONNAGES

Sherlock Holmes

Le célèbre détective est l'un des personnages principaux du roman. Il est toujours représenté avec son chapeau et une pipe de couleur noire.

Sherlock Holmes incarne l'intuition, le sens de l'observation et de la déduction. C'est grâce à ces qualités qu'il est un grand spécialiste en matière de crime

Dans ce roman, il n'est pas aussi présent que dans d'autres œuvres qui le mettent en scène, car on voit qu'il laisse un peu d'espace au Docteur Watson. Toutefois, on ressent sa présence en permanence, qu'il s'agisse de la silhouette ou de l'admiration de Watson à son égard.

Psychologiquement, c'est un homme prompt à émettre des remarques ironiques. Mais il reste prudent et logique.

Docteur Watson

Il est le narrateur du roman. Allié de Sherlock Holmes, ce n'est pas la première fois qu'on le retrouve dans les œuvres de Doyle. Dans cette enquête particulière, Watson tente d'appliquer les tactiques de son maître à penser et objet d'admiration, Holmes. Il cherche d'ailleurs à l'impressionner en se dévouant complètement à son enquête.

Son admiration pour Sherlock Holmes s'accompagne d'une grande loyauté.

Mortimer

James Mortimer est à la fois le médecin et un ami de la famille Baskerville. Doyle le décrit comme étant âgé d'une trentaine d'années, grand et mince et peu attentif à sa tenue vestimentaire.

Mortimer est le responsable testamentaire de la propriété de Charles. C'est également un homme passionné de phrénologie (dont les principales théories visent à déduire la personnalité de quelqu'un à partir de la forme de son crâne). D'ailleurs, il espère avoir un jour la possibilité d'étudier la tête de Sherlock Holmes.

Sir Henry Baskerville

Le neveu de Sir Charles est l'héritier de la lignée Baskerville. Il arrive tout droit du Canada. Selon sa description, il est petit, vif et âgé d'une trentaine d'années environ.

Jack Stapleton

Stapleton est entomologiste. Il est décrit comme mince et pas très grand. Si tout au long de l'ouvrage, il se présente comme le frère de Beryl, on s'aperçoit à la fin de l'enquête qu'il était en réalité son époux, et qu'il la maltraitait. C'est un homme très manipulateur, qui malgré son apparence inoffensive (il chasse les papillons), perd parfois son sang-froid ; surtout, il est le responsable de la mort de Charles Baskerville, puisqu'il utilise son chien pour faire mourir de peur les héritiers de la lignée, avec l'idée d'en récupérer l'héritage. Il tente ensuite de réitérer l'expérience sur Henry, mais cela le conduira à sa perte.

Beryl Stapleton

La femme de Jack est originaire du Costa-Rica. Elle est très belle, ce qui explique son lien particulier à Henry Baskerville... mais son mari la maltraite et la fait passer pour sa sœur.

C'est Beryl qui tente de prévenir Henry de ce qui va se passer, par l'intermédiaire d'une note anonyme.

John et Eliza Barrymore

Le couple est au service de la famille Baskerville depuis bien longtemps. Malgré quelques soupçons, on s'aperçoit que leur comportement bizarre visait en fait à aider le frère de Mme Barrymore, un forçat évadé (Selven).

Leur rôle est d'être des leurres aux yeux du lecteur comme de l'enquêteur.

Charles Baskerville

Son décès dans des circonstances douteuses ouvre l'enquête, car son neveu Henry arrive pour le remplacer, et les détectives sont bien décidés à comprendre ce qu'il s'est passé. Apparemment, Sir Baskerville était superstitieux, d'où sa terreur face au chien de Stapleton, et sa crise cardiaque quelques instants plus tard.

Charles était un philanthrope ; c'est pour cela qu'Henry se rend directement à sa propriété, afin de s'assurer que ses bonnes œuvres se poursuivent.

Laura Lyons

Fille de Frankland, la jeune femme habite dans les environs de la famille Baskerville. C'est une belle brune qui s'est mariée contre l'avis de son père ; après avoir été abandonnée par son mari, elle doit se tourner vers Stapleton, mais aussi Charles Baskerville, pour obtenir de l'aide.

Jack Stapleton l'utilise alors pour organiser le meurtre de Charles, en lui promettant le mariage en retour.

IV. AXES D'ANALYSE

Réalité, illusion et mystification

La question de la superstition et du rationnel sépare à la fois les pistes d'interprétation et les personnages, donnant à l'ensemble des protagonistes une hiérarchie particulière qu'ils ne semblent pas pouvoir dépasser.

Ainsi, l'ensemble de l'enquête paraît interroger la frontière entre choix du réel et du rationnel, et penchant pour les superstitions et les illusions qu'elles entraînent.

Dès le départ, par exemple, Mortimer, malgré son titre de « Dr », présente l'histoire des Baskerville et du chien mystérieux comme un phénomène fondamentalement surnaturel. Il classe d'emblée la bête au rang d'apparition surnaturelle, et ne consulte finalement Holmes que pour mieux savoir quel comportement il doit adopter avec le nouvel héritier.

C'est là toute la différence avec le personnage de Sherlock Holmes (ce qui révèle d'ailleurs les préférences intellectuelles de l'auteur) : le célèbre détective, confronté à la même histoire, adopte tout de suite une posture rationnelle. Il délaisse les explications surnaturelles et les superstitions, et se penche plutôt sur les explications logiques à la situation, se concentrant sur les faits pour trouver la clé de l'énigme. C'est par son intermédiaire que toute la supercherie va s'écrouler, malgré ses solides fondations, respectueuses des superstitions gothiques.

L'influence de Doyle

De prime abord, cette approche de Sherlock Holmes peut paraître totalement opposée à la croyance de Doyle dans le spiritualisme, une théorie portant sur les pouvoirs psychiques et la vie après la mort. Mais il est plus adéquat de prendre en compte les démarches scientifiques du détective (à mettre en parallèle avec les études de Doyle) que la question d'un système de croyances personnelles.

De plus, l'un comme l'autre sont caractérisés par une volonté de trouver une cohérence dans leur vision du monde, une compréhension de ce qui les entoure. En cela, Holmes incarne le double littéraire de l'écrivain, dans sa quête de vérité.

L'opposition entre élite rationnelle et peuple superstitieux est également très révélatrice du milieu social et de l'éducation de Doyle. D'un côté, nous avons la masse du « petit peuple », des gens de tous les jours, qui croient à ce mystérieux chien de l'enfer et prennent la malédiction très au sérieux ; de l'autre, on trouve Mortimer et Henry, qui n'y croient pas trop mais ont des doutes ; enfin, Watson et Holmes apparaissent comme les incarnations de la rationalité, et leur triomphe final vient couvrir de ridicule ceux qui ont cru à la mystification d'origine.

Le recours à la diversion

En tant que maître du genre, Doyle utilise ici (comme dans d'autres ouvrages d'ailleurs) une technique de diversion très efficace dans les enquêtes – ce que l'on retrouve aussi chez Agatha Christie.

L'idée est de nous mettre sur une fausse piste, de nous faire soupçonner les mauvaises personnes. C'est le cas avec le couple Barrymore, dont le comportement sera finalement justifié par l'aide apportée au frère forçat évadé. Ce dernier est l'instrument principal de la diversion organisée par Doyle. Il permet en effet de nous fournir des coupables faciles, avant de nous dévoiler plus brutalement la réalité des comportements.

Une grande postérité

Si on ne présente plus Sherlock Holmes et son très célèbre "Elémentaire, mon cher Watson", il est également important de rappeler à quel point le *Chien des Baskerville* a, lui aussi, connu une postérité très importante.

À l'heure actuelle, environ vingt-cinq films ont été réalisés sur cette enquête, de 1914 à nos jours, et dans de nombreux pays.

De même, les ouvrages et personnages inspirés de l'œuvre de Doyle sont multiples, qu'il s'agisse de littérature, de télévision ou de bandes dessinées (notamment sous l'égide de Walt Disney).

Dans la même collection en numérique

Escadrille 80

Inconnu à cette adresse

La controverse de Valladolid

Les Vilains petits canards

Une partie de campagne

Cahier d'un retour au pays natal

Dora Bruder

L'Enfant et la rivière

Moderato Cantabile

Alice au pays des merveilles

Le faucon déniché

Une vie

Chronique des Indiens Guayaki

Je voudrais que quelqu'un m'attende quelque part

La nuit de Valognes

Œdipe

Disparition Programmée

Education européenne

L'auberge rouge

L'Illiade

Le voyage de Monsieur Perrichon

Lucrèce Borgia

Paul et Virginie

Ursule Mirouët

Discours sur les fondements de l'inégalité

L'adversaire

La petite Fadette

La prochaine fois

Le blé en herbe

Le Mystère de la Chambre Jaune

Les Hauts des Hurlevent

Les perses

Mondo et autres histoires

Vingt mille lieues sous les mers

99 francs

Arria Marcella

Chante Luna

Emile, ou de l'éducation
Histoires extraordinaires
L'homme invisible
La bibliothécaire
La cicatrice
La croix des pauvres
La fille du capitaine
Le Crime de l'Orient-Express
Le Faucon malté
Le hussard sur le toit
Le Livre dont vous êtes la victime
Les cinq écus de Bretagne
No pasarán, le jeu
Quand j'avais cinq ans je m'ai tué
Si tu veux être mon amie
Tristan et Iseult
Une bouteille dans la mer de Gaza
Cent ans de solitude
Contes à l'envers
Contes et nouvelles en vers
Dalva
Jean de Florette
L'homme qui voulait être heureux
L'île mystérieuse
La Dame aux camélias
La petite sirène
La planète des singes
La Religieuse
1984 A l'Ouest rien de nouveau
Aliocha
Andromaque
Au bonheur des dames
Bel ami
Bérénice
Caligula
Cannibale
Carmen

Chronique d'une mort annoncée
Contes des frères Grimm
Cyrano de Bergerac
Des souris et des hommes
Deux ans de vacances
Dom Juan
Electre
En attendant Godot
Enfance
Eugénie Grandet
Fahrenheit 451
Fin de partie
Frankenstein
Gargantua
Germinal
Hamlet
Horace
Huis Clos
Jacques le fataliste
Jane Eyre
Knock
L'homme qui rit
La Bête humaine
La Cantatrice Chauve
La chartreuse de Parme
La cousine Bette
La Curée
La Farce de Maitre Pathelin
La ferme des animaux
La guerre de Troie n'aura pas lieu
La leçon
La Machine Infernale
La métamorphose
La mort du roi Tsongor
La nuit des temps
La nuit du renard
La Parure

La peau de chagrin

La Petite Fille de Monsieur Linh

La Photo qui tue

La Plage d'Ostende

La princesse de Clèves

La promesse de l'aube

La Vénus d'Ille

La vie devant soi

L'alchimiste

L'Amant

L'Ami retrouvé

L'appel de la forêt

L'assassin habite au 21

L'assommoir

L'attentat

L'attrape-coeurs

Le Bal

Le Barbier de Séville

Le Bourgeois Gentilhomme

Le Capitaine Fracasse

Le chat noir

Le chien des Baskerville

Le Cid

Le Colonel Chabert

Le Comte de Monte-Cristo

Le dernier jour d'un condamné

Le diable au corps

Le Grand Meaulnes

Le Grand Troupeau

Le Horla

Le jeu de l'amour et du hasard

Le Joueur d'échecs

Le Lion

Le liseur

Le malade imaginaire

Le Mariage de Figaro

Le meilleur des mondes

Le Monde comme il va

Le Parfum

Le Passeur

Le Petit Prince

Le pianiste

Le Prince

Le Roman de la momie

Le Roman de Renart

Le Rouge et le Noir

Le Soleil des Scortas

Le Tartuffe

Le vieux qui lisait des romans d'amour

L'Ecole des Femmes

L'Ecume Des Jours

Les Bonnes

Les Caprices de Marianne

Les cerfs-volants de Kaboul

Les contes de la Bécasse

Les dix petits nègres

Les femmes savantes

Les fourberies de Scapin

Les Justes

Les Lettres Persanes

Les liaisons dangereuses

Les Métamorphoses

Les Mouches

Les Trois mousquetaires

L'étrange cas du Dr Jekyll et de Mr Hyde

L'Ile Au Trésor

L'île des esclaves

L'illusion comique

L'Ingénu

L'Odyssée

L'Ombre du vent

Lorenzaccio

Madame Bovary

Manon Lescaut

Micromégas
Mon ami Frédéric
Mon bel oranger
Nana
Ne tirez pas sur l'oiseau moqueur
Notre-Dame de Paris
Oliver twist
On ne badine pas avec l'amour
Oscar et la dame rose
Pantagruel
Le Misanthrope
Perceval ou le conte du Graal
Phèdre
Ravage
Roméo et Juliette
Ruy Blas
Sa Majesté des Mouches
Si c'est un homme
Stupeur et tremblements
Supplément au voyage de Bougainville
Tanguy
Thérèse Desqueyroux
Thérèse Raquin
Ubu Roi
Un Barrage contre le Pacifique
Un long dimanche de fiançailles
Un secret
Vendredi ou la vie sauvage
Vipère au poing
Voyage au bout de la nuit
Voyage au centre de la terre
Yvain ou le Chevalier au lion
Zadig

À propos de la collection

La série FichesdeLecture.com offre des contenus éducatifs aux étudiants et aux professeurs tels que : des résumés, des analyses littéraires, des questionnaires et des commentaires sur la littérature moderne et classique. Nos documents sont prévus comme des compléments à la lecture des oeuvres originales et aide les étudiants à comprendre la littérature.

Fondé en 2001, notre site FichesdeLectures.com s'est développé très rapidement et propose désormais plus de 2500 documents directement téléchargeables en ligne, devenant ainsi le premier site d'analyses littéraires en ligne de langue française.

FichesdeLecture est partenaire du Ministère de l'Education du Luxembourg depuis 2009.

Plus d'informations sur www.fichesdelecture.com

ISBN: 978-2-511-02916-9

Notes :